PAMPHLETS. — 2e Livraison.

AUX

DOCTRINAIRES.

PAMPHLET,

PAR

J.-G.-C. FEUILLIDE.

PARIS.

AMBROISE DUPONT,

RUE VIVIENNE, 16.

1832

Imprimerie de LOCQUIN, rue Notre-Dame-des-Victoires, 16.

AUX

DOCTRINAIRES.

> « .... Pour qu'une œuvre soit stable,
> Plus d'étais vermoulus! Ou bien, c'est sur le sable
> L'édifice d'un jour qu'élève un coup de main,
> Et qu'un coup plus hardi renversera demain. »
>
> (*Drame inédit.*)

Non! autour du carcan, sur la place publique
Où le bourreau grava sur l'épaule impudique
Du prêtre de Saint-Jean [1], avec un rouge fer,
Le diplôme du bagne, attente de l'enfer;
Non! jamais on ne vit plus de colère sainte,
En applaudissemens, s'exhaler vers l'enceinte

[1] Contrafatto.

Où, grâce au triple mur hérissé de soldats,
La vengeance qui tue alors n'arriva pas,
Qu'aujourd'hui, Messeigneurs, vous n'en verrez paraître
Chez le peuple, indigné qu'on soit et lâche et traître,
Aujourd'hui qu'il entend retentir le marteau
Qui doit clouer vos noms à l'infamant poteau.

Car, vous avez aussi, vous, d'une jeune fille,
Après des jours mauvais l'espoir d'une famille,
Flétri sous vos baisers les charmes ingénus,
Et torturé les bras, et meurtri les seins nus,
Le jour où, sous les yeux de la garde civique,
Libertins effrontés, déchirant sa tunique,
Et brisant ses longs cris aux verroux des cachots,
Sur un lit de pavés et de cadavres chauds,
Et les pieds dans le sang, vous l'avez violée.
Je sais, que par la peur sa famille affolée

Vous laissa lâchement consommer l'attentat;
Que son père, aveuglé par des raisons d'état,
Et pieds et poings liés, sur la couche sanglante
A vos brutalités la livra pantelante;
Que, vous voyant à l'œuvre attelés, impuissans,
Lui-même à l'achever sollicita vos sens....
Mais, que me fait à moi que vous cachiez vos têtes
Derrière un front si haut, que le feu des tempêtes
Seul pourrait le brûler! Vous n'êtes point pour nous
Des fétiches qu'il faut qu'on adore à genoux,
En dépit du mépris dont un peuple les couvre.
Oh! vous n'avez pas, vous, à la grille du Louvre,
Où n'arrive jamais qu'un cortége vénal,
Des gardes pour briser le fouet de Juvénal,
Et pour lancer du plomb sur la Muse hardie,
Que la peur ou votre or n'ont point abâtardie.

Pas de culte pour vous : Non ! vous appartenez
A tout homme de cœur qui veut vous rire au nez.

A vous donc, maintenant, hommes de la Doctrine !
A vous tous de subir ma haine alexandrine ;
Car je veux que mes vers vous infligent l'affront
Qui zèbre le visage et fait saigner le front.

—Qu'est-ce qu'un Doctrinaire?—Écoutez; ma mémoire,
Pour le pourtraire en pied, va fouiller dans l'histoire.
Car, en France, Seigneurs, votre parti si fier
N'invente rien de neuf, ni ne date d'hier :
Comme tout ce qui fut intrigant, fourbe et lâche,
D'un siècle à l'autre il s'est succédé sans relâche.

Quand les Barricadeurs guerroyaient le Valois,

Les Villars, les Brissac de l'assassin de Blois
Désertèrent la cause, indignés que leur maître
A ses mignons fraisés se permît de remettre
Les titres, les honneurs, tous ces hochets si beaux,
Tant prisés à la cour où l'on vit d'oripeaux.
Mais dans tout ce courroux s'exhalant en injure,
Du peuple et de ses droits pas un mot, je vous jure.
Quand ils virent pourtant que le peuple à trôner
Se disposait sans eux, nos gens de le prôner,
Le plaindre, le choyer se fesant une étude,
Montrèrent pour ses droits vive sollicitude:
Par quoi furent dupés les bourgeois de Paris,
Mais de tout quoi, bientôt, on les vit fort marris;
Car, par l'Hôtel-de-Ville, autant qu'il m'en souvienne,
Nos seigneurs vers le trône acheminaient Mayenne;
Et, pour aller plus vite, au monarque espagnol

Du royaume de France ils livrèrent le sol,
Que pillaient, sans vergogne et sans miséricorde,
Des argoulets, pieds nus dans leurs souliers de corde.
Mais le Claude ligueur, étant et gros et gras,
Avait l'haleine courte... Il n'arriva donc pas.
Ce que voyant, à mieux nos seigneurs avisèrent.
Donc, tout doucettement vers sa chute ils poussèrent
Monseigneur le Guisard; non de face : un parti,
S'il est adroit, jamais, levant un front hardi,
Ne dit son dernier mot. Du pouvoir qu'il convoite
Il flatte les penchans, il les sert, les exploite,
Il le séduit, l'entraîne, éloigne les amis,
Il l'accapare; et puis, quand il l'a compromis,
Isolé du principe où reposait sa base,
Il le pousse du pied, le renverse et l'écrase.
Aussi, pas un projet par Mayenne enfanté,

Qui, grâce à nos seigneurs, ne fût exécuté.
Tous les Barricadeurs qu'on vit, d'humeur rétive,
Faire du sot Valois justice expéditive,
Eurent les bras liés; et les Seize, autrefois
Si bavards et si fiers, avaient perdu la voix.
Jamais on n'avait vu ce Paris imbécille
A légitime roi se montrer plus docile:
Si, que Mayenne un jour, sans qu'on dît mot, je crois,
Des plus zélés ligueurs fit pendre deux ou trois.
Puis, tant fut répété, que la Très-Sainte Ligue
N'était plus qu'un ramas de vils fauteurs d'intrigue,
De piliers de taverne, au nez coupe-rosé,
De gueux, sans linge blanc sous leur pourpoint usé,
D'un chêne, comme glands, bons à garnir les branches,
Que lorsque le Valois et les écharpes blanches
Des hauteurs de Saint-Cloud dominèrent Paris,

Le peuple ne bougea... disant qu'à pareil prix
Mieux valait le Valois que Guisarde famille,
Que dame Montpensier, passant des bras d'un drille
Aux pieds d'un moine, et prête, à toute heure, en tout lieu,
Ame et corps à se vendre, au diable comme à Dieu,
Pourvu qu'avec un trône on achetât la dame.
Donc, le peuple manquant, aux mains d'un moine infâme
Force fut de bénir le coutelas pieux
Qui renvoya Valois par-devers ses aïeux.
Puis vint le Béarnais. Quand il fit la promesse
De n'entrer à Paris qu'en passant par la messe,
Mayenne en vain chercha, pour son dernier appui,
Les seigneurs qui, jurant de mourir avec lui,
Le poussaient chaque jour à nouvelle sottise.
Hélas ! ils n'avaient tous voulu qu'user les Guise,
Et s'en allaient déjà marchander à Bourbon

Le prix qu'il entendait mettre à leur trahison.
Ces hauts entrepreneurs de la chose publique
S'appelaient, dans ce temps, LE PARTI POLITIQUE.

Avançons, Messeigneurs, héritiers de Juillet,
Et de l'histoire encor tournons plus d'un feuillet.
C'est bien !... Voici venir la hideuse Régence !
Secouant de Louis la dévote exigence,
Voici tous les seigneurs qui, devant Maintenon,
Trente ans agenouillés, traînèrent leur grand nom !
Aux vers de Saint-Denis, peuplé d'ombres d'Atrides,
A peine eût-on jeté dans les caveaux fétides
Ce cadavre de roi soixante ans adoré,
Que les amis de cour, monde ingrat et doré,
S'allèrent prosterner sous l'ignoble bannière
Que flétrissait du roi la volonté dernière.

Philippe d'Orléans, dans ces flots de valets,
Qui, venus de Versaille, inondaient son palais,
Eut peine à retrouver le pavois séculaire
Des guerriers de Clovis, et le droit populaire
Qu'avaient, au Champ-de-Mars, exercé nos aïeux.
Voulant légitimer son titre à tous les yeux,
Dans un lit de justice il le fit reconnaître,
Car il savait que là, valets cherchant un maître,
Ministres, magistrats, princes et grands seigneurs,
Pourvu qu'on les gorgeât et d'argent et d'honneurs,
Sans consulter les droits des peuples et du trône,
Légitimaient toujours le vol d'une couronne.
D'Orléans prodigua les honneurs et l'argent;
Aussi, tout d'une voix, fut-il nommé Régent.
De ce jour, voyez-vous, a daté pour la France
Une ère de malheur, de crime, de souffrance :

A l'étranger! Insulte, et mépris et dégoût.
Au dedans! La misère; et la honte, partout!
L'antique bonne foi s'engloutit dans la route,
Qu'un avide système ouvre à la banqueroute;
Dans l'imitation des vices de la cour,
Les mœurs de la famille expirent sans retour,
Et pas une croyance, une vertu qui reste
Chez un peuple abruti, que gouverne l'inceste,
Un sceptre dans la main, une couronne au front!
Ces hommes dont la France, hélas! subit l'affront,
Trafiquans de débauche, écornifleurs de gloire,
Marqués par le fer chaud de l'inflexible histoire,
Ainsi que des forçats dans un bagne écroués,
Figurent au carcan sous le nom de Roués.

. . . .

Avançons plus encor, et fouillons tout mélange

De sang, de trahison, de débauche et de fange.
Bien ! voici Thermidor, et son parti vainqueur
Qui frappe lâchement la République au cœur.
Écoutez : Robespierre a vu devant sa face
Le spectre du néant se dresser sur la place
Où, pour battre monnaie, un triangle d'acier,
Sur deux étais rougis, servait de balancier,
Et de la liberté, planté sur des ruines
L'arbre étouffer au sang qui brûlait ses racines.
Alors, pour retenir un monde qui s'en va,
Robespierre à grands cris appelle Jéhova
Sur le corps déjà froid de la France égorgée ;
Mais de vols et de sang la Montagne gorgée,
Comme un tigre qui voit à ses embrassemens
Une proie échapper, poussa des hurlemens.
Ses tribuns forcenés, prêtres de la matière,

Arrachèrent la France au dieu de Robespierre,
Pour la jeter sanglante à leur dieu : l'Echafaud !
Mais à l'œuvre la force à leur bras fit défaut.

C'est que, par la terreur, pour courber comme un lâche
Un peuple tout entier au règne de la hache,
Il faut un homme fort de son intégrité,
Des mœurs qui du vieux temps gardent l'austérité,
Une âme qui, n'ayant qu'un culte : la Patrie !
Par des vices honteux ne fut jamais flétrie,
Et des mains qui jamais, dans le public trésor,
Ne fesant leur profit d'une parcelle d'or,
Supportent l'examen du regard populaire.
Oui, pour que le Bourreau soit la pierre angulaire
D'une puissance, il faut que sur un bloc d'airain
Son bras des nations forge et rive le frein.

Mais du Neuf Thermidor l'exécrable cohorte,
Ligue de furieux qui de la France morte,
Comme des loups cerviers qui fouillent des tombeaux,
Dans leur charnier infect s'adjugeaient les lambeaux,
N'était qu'un vil ramas d'hommes pleins d'égoïsme,
D'intrigans sans croyance et sans patriotisme,
De poltrons révoltés, de pillards, d'égorgeurs,
Qui tous, sans le vouloir, devinrent nos vengeurs;
Car, l'arme, si puissante aux mains de Robespierre,
Se brisa dans leurs mains comme au choc d'une pierre:
Ils semaient la terreur, ils cueillaient le mépris!
Sur son trépied de bronze en vain leurs bras meurtris
Retenaient l'échafaud... En soufflетant leur joue,
Le peuple le jeta sur un trépied de boue.
Là, bientôt sous son poids enfonçant tout entier,

La rouille y dévora son triangle d'acier.

De crimes, de débauche infâme réceptacle,
La France offrit alors un étrange spectacle.
La sobre austérité qu'affectait la Terreur
Pour les mœurs, le costume, et les festins; l'horreur
Et le profond mépris de ses hordes brutales
Pour toute fête, à moins que de leurs saturnales
Elle ne rappelât l'âpre sauvageté;
Ce luxe de cynisme et de grossièreté,
Tout fit place, un beau jour, aux vives fantaisies
De la mode et des bals, aux molles frénésies
Des boudoirs parfumés et des vins enivrans.
Robespierre et les siens furent cruels, mais francs :
Du droit, des lois, de l'ordre ils avaient brisé l'arche,
Ils allaient au chaos... mais sans cacher leur marche.

C'étaient des furieux... mais ils étaient naïfs;
Des tigres... mais comme eux ils furent instinctifs.
Des bourreaux qui tuaient les mains étaient connues;
Quoique rouges de sang, ils les étalaient nues...
Mais les Thermidoriens parlaient au nom des lois,
Des autels renversés, des arts proscrits, des droits
Par la force vaincus, lacérés par la rage;
Au monde ils annonçaient l'aurore d'un autre âge....
Et pourtant ils tuaient!... mais, tueurs élégans,
Sur leurs sanglantes mains ils avaient mis des gants.

N'ayant plus les vertus qu'il lui faut pour escorte,
Et qui seules pouvaient la rendre libre et forte,
La sainte République, aux mains des intrigans,
Ne fut plus qu'un cadavre à nourrir les brigands
Qui la fouillaient au cœur, et qui, sans énergie,

Attendaient chaque jour, au sortir d'une orgie,
Qu'il arrivât un maître à qui, pour un peu d'or,
Ils abandonneraient l'œuvre de Thermidor.
Et ce maître arriva, sur un coursier numide
Qui heurta de ses pieds la grande Pyramide.
Lorsque, tirant l'épée, il eut dit : — Me voilà!
La sainte Liberté devant lui se voila.

Ces hommes, que l'on vit nier la république,
Parce qu'elle mourait sous leur main famélique,
Et, sans livrer leur cœur au poignard de Straton,
Dire comme Brutus : — La vertu n'est qu'un nom!
Tous ces honteux soutiens du honteux Directoire
Dont Talleyrand chez nous est la vivante histoire;
Ces dandys en béquille, osant garder leur rang
Parmi notre jeunesse au pas ferme, au cœur franc;

Ces maîtres décrépits de l'art diplomatique ;
Dans l'astuce et la peur traînant la politique ;
Ces fripons à bons mots, de trahisons nourris ;
Ont fondé parmi nous l'école des POURRIS.

Sur leurs pas, à travers l'Empire et ses trophées,
Et ses gloires, — depuis, sous la fange étouffées, —
Dans l'ombre cheminait un parti déloyal
Qui minait sourdement le trône impérial,
Et, gagiste d'Hartwel, nous lançait à la tête
Des noms que dans l'exil rejeta la tempête.
Quand l'Europe eut deux fois, dans un mortier d'airain,
Broyé de l'Empereur le glaive souverain,
Ce parti vint deux fois, sur ses genoux qu'il traîne,
Caresser les crins noirs du coursier de l'Ukraine.
Quand, pour le spolier des chefs-d'œuvre des arts,

Les vainqueurs au musée attachent leurs regards ;
C'est lui qui vient encor, et chapeau bas, leur ouvre
Le bronze à deux battans de la porte du Louvre.
Enfin, lorsqu'au château, d'une race de rois
Les lances des Baskirs eurent scellé les droits :
— Il faut, s'écria-t-il d'une voix assurée,
A l'émigré de Gand sa part dans la curée
Qu'on jette à l'émigré de Pitt et de Cobourg ! —
On la lui fit. Voyez : non loin du Luxembourg,
Au pied d'un mur noirci près de l'Observatoire,
On noya dans le sang toute une grande histoire.
Et nulle main de roi, même depuis Juillet,
N'en ose au Panthéon rattacher le feuillet.
C'est lui qui fit jouer le télégraphe ignoble,
Dont les bras, s'agitant vers Lyon et Grenoble,
Tracèrent dans les airs comme un arrêt de Dieu

Cet ordre qu'à la lettre a suivi Donnadieu :
—Tuez tout!—Didier meurt; et son fils, à cette heure,
Des assassins brodés courtisant la demeure,
Dans l'or et le cristal partageant leurs festins,
De la France avec eux exploite les destins!..
C'est encor ce parti qui fit coucher la plainte
Sur le lit de Procuste, où la pensée atteinte
Perdit la liberté que châtraient les ciseaux.
A l'infâme police il remit ces réseaux
Qui, jetés sur la France, étouffaient dans leurs mailles
Les restes mutilés de vingt ans de batailles.
Mais, un jour, quand le maître eut vu qu'en ses liens,
Étendu, haletant sous les ongles des chiens,
Il aurait bon marché du Lion populaire,
Il cria : —C'est assez ! Et puis, pour tout salaire,
Le vieux maître au chenil envoya ses valets,

Qui, fouillant les limiers au sortir du palais,
Forçaient leurs larges crocs à lâcher sur la paille
Les os demi-rongés dont ils fesaient ripaille.
Toute la meute alors, libre, les yeux ardens
Et le poil hérissé, grogne et montre les dents.
Elle hurle à la fois l'injure et la louange;
Elle va, proclamant je ne sais quel mélange
Et du pouvoir du peuple et du pouvoir des rois.
— Les faits la gênent-ils? Elle invoque les droits.
Elle invoque le fait si le droit est contraire.
Que la loi règne ici!... Là, vive l'arbitraire!...
Ici, que d'un beau ciel étincelle l'azur!
Là, qu'une longue nuit jette son voile obscur!
L'esclavage pour vous; pour lui, le despotisme!
A l'un des droits sans nombre, à l'autre l'ilotisme!
Avancez de deux pas; de quatre reculez!

Rampez comme un serpent; comme un aigle, volez!

Parlez à l'étranger le corps droit, la voix haute!

A voix basse, à genoux, dites-lui : C'est ma faute!—

Ce fut un tel chaos de silence et de bruit,

De courage et de peur, de lumière et de nuit,

De droits, de faits heurtés que soudain on rassemble,

Et de mots qui hurlaient d'être accouplés ensemble,

Que les badauds surpris, mais n'y comprenant rien,

A ces dogmes nouveaux s'exclamèrent : C'est bien!

La meute alors, grossie, éparpillant la boue,

S'élance furieuse, et s'attache à la roue

Du char que des coursiers les écarts vagabonds

Entraînaient à l'abîme ouvert sous les Bourbons.

A ces cris réveillé, le Lion populaire

Bat ses flancs, se redresse, et sort de son repaire.

Joyeuse à ses côtés, elle bondit, rêvant

Que, s'il voulait jamais se lancer trop avant,
Puissante, elle saurait le remettre à la chaîne.
Mais, voyez : le Lion s'empare de l'arène,
Il appelle la foudre, il respire le sang,
Sur ses jarrets nerveux s'élance, en rugissant,
Vers le char, et, d'un bond, le jette dans l'ornière.
Au soleil qui le mord secouant sa crinière,
Trois jours, sur les pavés il broie entre ses dents,
Et les casques d'acier et les canons grondans.
Les riches écussons et l'or d'une couronne,
Les habits galonnés et le velours d'un trône,
Sous ses ongles, marqués d'ineffaçables sceaux,
Gonflent durant trois jours la fange des ruisseaux.
Durant trois jours aussi la meute glapissante,
Accroupie au chenil, fanfaronne impuissante,
Sans voix, suant la peur, ou grelottant de froid,

Laissa le Lion seul combattre pour son droit.
Mais, quand il eut vaincu, quand sa gueule béante
Eut cherché le repos sur sa croupe géante,
A plat ventre la meute approcha de ses flancs,
Lui caressa le poil, lécha ses pieds sanglans,
Le nomma son Lion, son maître, son bon ange,
Et l'endormit—, le sot!— au bruit de la louange.
Alors elle courut ramasser les débris,
Qu'à l'écart du vainqueur délaissait le mépris;
Ce furent des lambeaux de royales guenilles
Et de pourpre à jeter sur de nobles chenilles,
Quelques bouts de galon pour le dos des valets,
Et des velours usés pour tendre des palais;
Et, ce qui plaisait plus à sa jalouse haine,
Quelques anneaux de fer pour renouer la chaîne
Que brisa le Lion, d'esclavage lassé,

Et rattacher ainsi l'avenir au passé !
Bientôt, n'entendant plus les louanges honteuses
Dont berçaient son repos tant de bouches menteuses,
Ce peuple de faquins, devant lui prosterné,
Le Lion s'éveilla... Mais, d'un œil consterné,
Il voit qu'on a hissé le vieux char sur sa roue,
Qu'on étale au soleil tout ce que dans la boue,
Lui vainqueur, il avait brisé, foulé, pétri.
Terrible, et de sa gloire encore tout meurtri,
Il effrayait l'Europe... et, les maîtres du trône
De la paix, à tout prix, sollicitaient l'aumône !
Alors, les yeux ardens, et les crins hérissés,
Les muscles de la face et tordus et plissés,
Et le cœur tout gonflé de haîne qui se venge,
Pour secouer d'un bond tout ce reste de fange
Autour de son repaire insolemment traîné,

Quand il voulut bondir,— Il était enchaîné !

Ainsi, vous le voyez, Messeigneurs, d'âge en âge,
En France, il est toujours un parti qui surnage
Pour l'avilir, la vendre, ou confisquer ses droits,
De par les saints autels, les peuples ou les rois.
Politiques, Roués, Pourris, forment la chaîne
Qui dans l'ignominie et les crimes se traîne ;
Et le parti, Seigneurs, qui, sous un autre nom,
A tant d'anneaux honteux soude un nouveau chaînon;
La meute que l'on vit, pour avoir sa curée,
De la France aux Kalmouks frayer la sainte entrée;
Ce parti fanfaron, qui, trembleur de Juillet,
Ose ternir l'éclat dont ce grand mois brillait,
Et rend l'avenir gros d'orage et de ruine,
S'appelle, de nos jours, PARTI DE LA DOCTRINE.

C'est le vôtre ! —Toujours sous un nouvel affront,
Le peuple, Messeigneurs, courbe son large front...
C'est qu'il est patient; car, toujours la tempête,
Il le sait, — à son heure, illumine sa tête.
L'heure approche : il n'est pas de pouvoir abrité
Contre ce mot tuant : L'IMPOPULARITÉ !
De ce mot, je le sais, la fatuité se joue;
C'est qu'on le comprend mal. Eh bien ! dût sur ma joue
Votre aveugle Thémis imprimer un soufflet,
J'expliquerai ce mot— au Roi ! — dans un pamphlet.

IMPRIMERIE DE FÉLIX LOCQUIN,
RUE NOTRE-DAME-DES-VICTOIRES, N° 16.

DU MÊME AUTEUR :

EN VENTE :

DEUX ANS DE RÈGNE.

Prix : 1 fr. 50 c.

Sous Presse :

pour paraître d'ici au 20 novembre :

L'IMPOPULARITÉ; ÉPITRE AU ROI.

AVERTISSEMENT.

Le pamphlet *aux Doctrinaires* forme la deuxième livraison des pamphlets que M. Feuillide se propose de publier. Le premier, *Deux ans de règne*, a paru.

Chaque livraison, de deux feuilles d'impression, renferme de 300 à 400 vers. Il paraîtra au moins deux PAMPHLETS par mois.

Le prix de la souscription, pour six livraisons, est de 7 fr., et 7 fr. 50 c. par la poste.

Celui de chaque pamphlet pris separément est de 1 fr. 50 c.

www.ingramcontent.com/pod-product-compliance
Ingram Content Group UK Ltd.
Pitfield, Milton Keynes, MK11 3LW, UK
UKHW022142260726
13993UKWH00005B/2105

9 782329 155135